Alexis O'Neill

illustrations de
Laura Huliska-Beith

LA REINE DE LA RÉCRÉ

Texte français de Cécile Gagnon

Les éditions Scholastic

MAI 2008

Champlain Township
Public Library
Vankleek Hill
Tel: 678-2216

Catalogage avant publication de la Bibliothèque nationale du Canada

O'Neill, Alexis, 1949-

La reine de la récré / Alexis O'Neill ; illustrations de Laura

Huliska-Beith ; texte français de Cécile Gagnon.

Traduction de: The Recess Queen.

Pour enfants de 3 à 7 ans.

ISBN 0-439-97516-6

I. Huliska-Beith, Laura II. Gagnon, Cécile, 1938- III. Titre.

PZ23.O62Rei 2003   ¡813'.54   C2003-900980-7

Copyright © Alexis O'Neill, 2002, pour le texte.

Copyright © Laura Huliska-Beith, 2002, pour les illustrations.

Copyright © Les éditions Scholastic, 2003, pour le texte français.

Tous droits réservés.

Il est interdit de reproduire, d'enregistrer ou de diffuser

en tout ou en partie le présent ouvrage, par quelque

procédé que ce soit, électronique, mécanique,

photographique, sonore, magnétique ou autre,

sans avoir obtenu au préalable l'autorisation

écrite de l'éditeur. Pour toute information concernant

les droits, s'adresser à Scholastic Inc., 555 Broadway,

New York, NY 10012.

Les titres ont été composés en caractères Funhouse

et le texte en Futura Bold. Les illustrations ont été réalisées

à l'aide des techniques de l'acrylique et du collage.

Conception graphique : Marijka Kostiw

Édition publiée par Les éditions Scholastic, 175 Hillmount Road,

Markham (Ontario) L6C 1Z7.

6 5 4 3 2   Imprimé au Canada   05 06 07 08

Merci à David, mon premier lecteur,
à ma sœur Donna et à tous les enfants
qui ont participé à la rédaction
de cette histoire dans les écoles suivantes :
North Broad Street, Durhamville, Oneida Castle,
Seneca Street, Willard Prior et H. W. Smith.

À Megan Rose et Stephanie
— A.o.

Pour mon mari Jeff, sauteur à la corde,
transmetteur de bonne humeur,
une perle de mari.
Merci de jouer avec moi.

— L.H.-B.

SUZIE CHIPIE est la reine de la récré

et personne ne dit le contraire.

Personne ne va au bâton avant Suzie Chipie.

Personne ne botte le ballon avant Suzie Chipie.

Personne ne saute avant Suzie Chipie.

Lorsque des enfants la contrarient,

elle les pousse et les bouscule,

elle les terrorise,

elle les clique et les claque,

et elle les cric-crac-croque.

– COMMENT? grogne Suzie Chipie.

– QUI? hurle Suzie Chipie.

– Hé, TOI! À qui crois-tu parler?

Suzie Chipie fait toujours ses quatre volontés.

JUSQU'AU jour où...

Bienvenue, Marie-Luce!

Mlle Balou

...une nouvelle arrive à l'école.

Marie-Luce.

Une fille toute menue.

Une mini fille.

Le genre d'enfant à qui on fait peur

juste en sautant et en criant BOUH!

Quand la cloche de la récréation

retentit, dring, dring, cette mini fille court,

zip, zip, vers l'entrée de la cour.

Marie-Luce **VA** au bâton

avant Suzie Chipie.

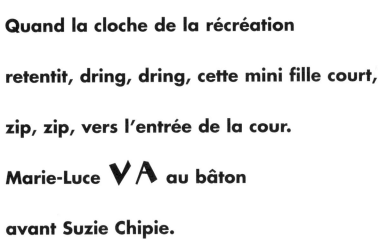

Marie-Luce **BOTTE** le ballon

avant Suzie Chipie.

Marie-Luce **SAUTE**

avant Suzie Chipie.

La mini fille facile à effrayer

avec un saut et un **BOUH!**

est trop nouvelle pour savoir

que Suzie Chipie est la reine de la récré.

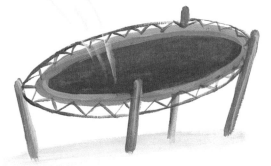

Alors, Suzie Chipie se fraye un chemin
à travers la foule de la cour. Comme d'habitude,
elle pousse les enfants et les bouscule,
elle les terrorise, elle les clique et les claque,
et elle les cric-crac-croque.

Et elle fonce vers Marie-Luce.

– COMMENT? grogne-t-elle.

– QUI? hurle-t-elle.

– Hé, TOI! gronde Suzie Chipie

en attrapant Marie-Luce par le collet.

Personne ne va au bâton avant la reine Suzie.

Personne ne botte le ballon avant la reine Suzie.

Personne ne saute avant la reine Suzie, dit-elle.

Elle croit avoir mis les choses au clair.

Mais elle se trompe.

D'un air effronté,

Marie-Luce réplique :

– Qui te permet de faire la loi?

Et cette mini petite,

cette minuscule enfant

attrape le ballon

et tape dessus en s'éloignant.

Oh! Marie-Luce est une vraie tornade.

Elle s'en va aussi vite que l'éclair.

BONDi BONDi BOUM

BOTTi BOTTi BiNG

SWiCHe SWACHe SWOUCHE

Suzie Chipie n'est pas loin derrière.

BONDi

BOTTi

SWACHE

La reine de la récré n'est **PAS** contente.

Elle s'élance et fait face

à Marie-Luce.

Personne ne parle.

Personne ne bouge.

Personne ne **RESPiRE.**

Alors, Marie-Luce plonge la main dans son sac.

Elle en sort une belle corde à sauter toute neuve.

— Hé! Suzie Chipie, propose Marie-Luce,

viens essayer ma corde!

Avant ce jour, jamais personne n'a OSÉ

demander à Suzie Chipie de jouer.

Marie-Luce prend sa corde et se met à danser en s'éloignant.

Crème glacée

Et limonade sucrée

Je veux que Suzie

Vienne sauter!

Suzie fige sur place.

On dirait qu'elle a PEUR

de bouger.

Alors, Marie-Luce chante de nouveau :

Crème glacée

Et limonade sucrée

Je veux que Suzie

Vienne danser!

Tout à coup, un enfant lance :

— VAS-Y, SUZIE!

Trop surprise pour répondre,

Suzie entre dans le jeu avec Marie-Luce.

Crème glacée

Et limonade sucrée

C'est avec TOI

Que je veux jouer!

La corde siffle et claque,

PLUS VITE,

PLUS VITE!

La corde fouette et tourne,

PLUS VITE,

PLUS VITE!

Jusqu'à finir dans un terrible méli-mélo.

Mais les filles rigolent et

CONTINUENT DE SAUTER!

Maintenant, quand arrive l'heure de la récré,

la cour est un endroit formidable.

Dès que la cloche sonne, dring, dring,

les deux filles courent, zip, zip,

pour sortir de la classe.

Suzie ne pousse pas les enfants,

elle ne les bouscule pas,

elle ne les terrorise pas,

elle ne les clique pas

et ne les claque pas,

elle ne les cric-crac-croque pas.

Elle est trop occupée

à s'amuser, youp, youp,

avec ses AMiS.

Bondi boum et botti bang,

Hop et zip et swiche et swache,

Dring, Youp et Youpi!

o-u-i-i-i!